Vorschule mit Pfiff

Farben

Delphin Verlag

HINWEISE

Dieses fröhliche Sachbilderbuch macht Kinder auf lebensnahe und anregende Weise mit Farben vertraut. Brillante Farbfotos von vertrauten Gegenständen aus der unmittelbaren Lebenswelt der Kinder und zahlreiche Spiel- und Beschäftigungsideen fördern die Lust aufs Lernen und regen zu eigenen Aktivitäten an.

Die Grundlagen

Die Kinder lernen zunächst, die einzelnen Farben zu erkennen und zu benennen. Anschließend wird das Zuordnen der Farben zu Gegenständen der Alltagsumgebung geübt. Später wird auf unterschiedliche Farbtöne, auf das Mischen von Farben und Farbeffekte eingegangen.

Gemeinsam lesen

Lesen Sie das Buch anfangs mit Ihrem Kind zusammen, aber erwarten Sie nicht, dass es gleich beim ersten Mal alles versteht. Am besten, Sie beschäftigen sich zu Beginn jeweils mit nur einem Thema und lassen dem Kind dann Zeit, das Gelernte in Ruhe zu verarbeiten.

Darüber sprechen

Sprechen Sie mit dem Kind über das, was Sie gemeinsam entdeckt haben. Nutzen Sie alltägliche Situationen, um das Gelernte zu vertiefen. Beim Anziehen, beim Vorbereiten von Mahlzeiten, beim Aufräumen der Spielsachen und bei vielen anderen Gelegenheiten bietet es sich an, über Farben zu sprechen. Stellen Sie Ihrem Kind Fragen wie zum Beispiel: „Was passiert mit meinem Kaffee, wenn ich Milch hineingieße?“

Fragen und Antworten

Stellen Sie Ihrem Kind Fragen und ermutigen Sie es, zu antworten. Seien Sie unbesorgt, wenn die Antworten manchmal falsch sind – Fehler machen ist Teil des Lernprozesses. Das Wichtigste ist, dass Ihr Kind Selbstvertrauen aufbaut und Spaß am Lernen hat. Vergessen Sie nicht, es immer wieder für richtige Antworten zu loben.

Aktiv dabei

Ermutigen Sie Ihr Kind, die vorgeschlagenen Versuche auszuprobieren. Sie sind einfach, machen Spaß und erfordern kaum Vorbereitung.

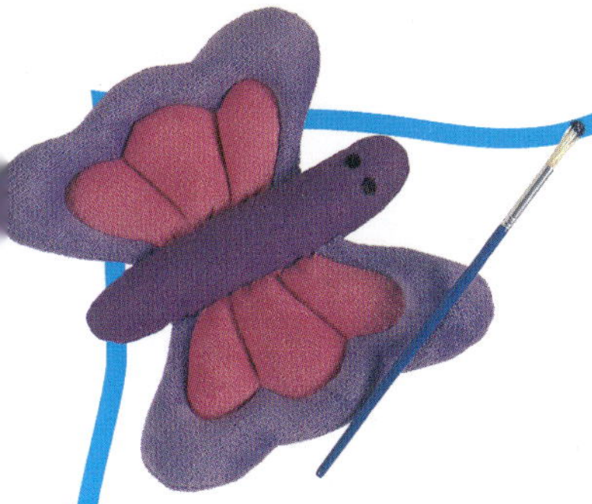

INHALT

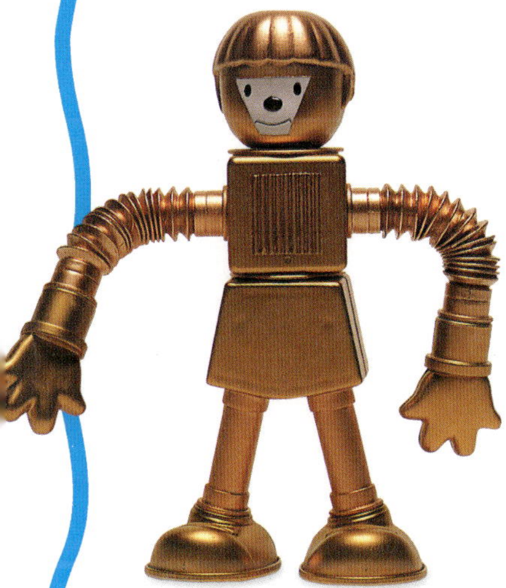

Rot

Rot sind reife Tomaten und weiche süße Erdbeeren.

unterschiedliche Rottöne

schöne rote Haarspangen

Was passiert mit dieser Tomate?

scharfe rote Chilischoten

auf …

auf und ab auf der roten Wippe

… und ab

drei krabbelnde rote Krebse

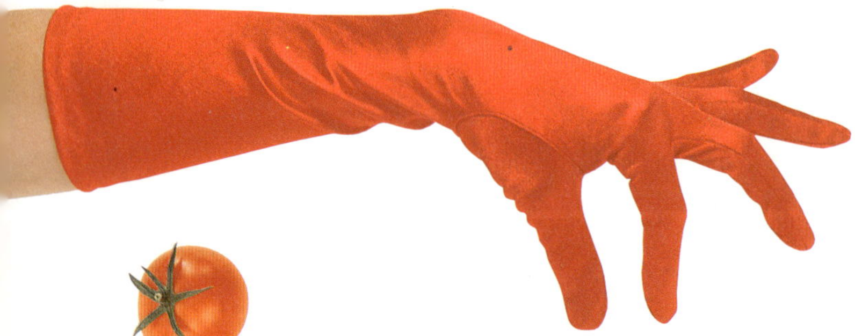

Wer isst die saftigen roten Erdbeeren?

Wusstest du das?

Wenn du verlegen oder zornig bist, kannst du rot werden. Ist dir das schon passiert?

Grün

Grün sind knackige Äpfel und das Gras auf der Wiese.

unterschiedliche Grüntöne

Ich versteck mich im hohen grünen Gras.

Aus welchen grünen Dingen bin ich gemacht?

Hüpf schon, du grüner Hüpf-Frosch!

Probier's mal!

Ein Kresse-Kopf

1. Füll einen Eierbecher mit feuchter Watte.

2. Streu Kressesamen darauf und gieß sie täglich.

3. Bald wächst die Kresse.

4. Zeichne ein Gesicht auf den Eierbecher. Fertig ist der Kresse-Kopf!

Dieser grüne Kaktus sticht!

AUTSCH!

Blau

Blau sind das Meer und der Himmel bei schönem Wetter. Ist der Himmel heute blau?

unterschiedliche Blautöne

blaue Mütze mit blauen Bommeln

zwei grüne Schlängelschlangen

Zisch!

Blau ist Teddys Lieblingsfarbe.

Wie viele blaue Wale kannst du zählen?

Achtung!

Gleich kommt das blaue Frisbee angesaust!

Drei blaue Außerirdische tanzen.

Glaubst du, ich treff die blauen Kegel? Kannst du kegeln?

Orange

Orange ist eine fröhliche Farbe. Orangefarben sind knackige Karotten und saftige Orangen.

unterschiedliche Orangetöne

Kaninchen mögen Möhren.

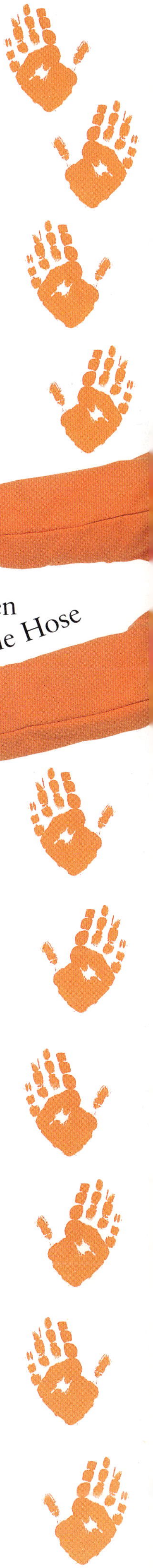

Probier's mal!

Eis aus Orangensaft

1. Spül einen Jogurtbecher aus.

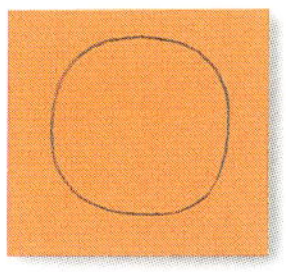

2. Zeichne auf Pappe einen passenden Deckel.

3. Schneid ihn aus und bring einen Schlitz an.

4. Füll Orangensaft ein und leg den Deckel darauf. Steck einen Eisstiel durch den Schlitz und frier das Ganze ein. Später ziehst du den Becher ab.

saftige Orangen

orangefarbene Socken

orangefarbene Hose

Magst du auch gern Möhren?

orangefarbene Blüten

helloranger Hut und dunkeloranges T-Shirt

Wo hab ich nur meine Orange?

Gelb

Gelb sind saure Zitronen und süße reife Bananen.

unterschiedliche Gelbtöne

Wie viele gelbe Bananen hat Alfi Affe gegessen?

quak ... quak ... quak ...

leuchtend gelbe Entchen

tanzende Maiskolben

Es regnet gelbe Gänseblümchen.

Probier's mal!

Kekse mit gelber Glasur

1. Misch Puderzucker, Zitronensaft und gelbe Lebensmittelfarbe in einer Schüssel.

2. Streich die Glasur auf die Kekse.

3. Schmeckst du die Zitrone heraus? Ist sie süß oder sauer?

Violett

Violett sind Auberginen, dunkle Trauben und die Veilchen auf der Wiese.

unterschiedliche Violetttöne

violette Rasseln

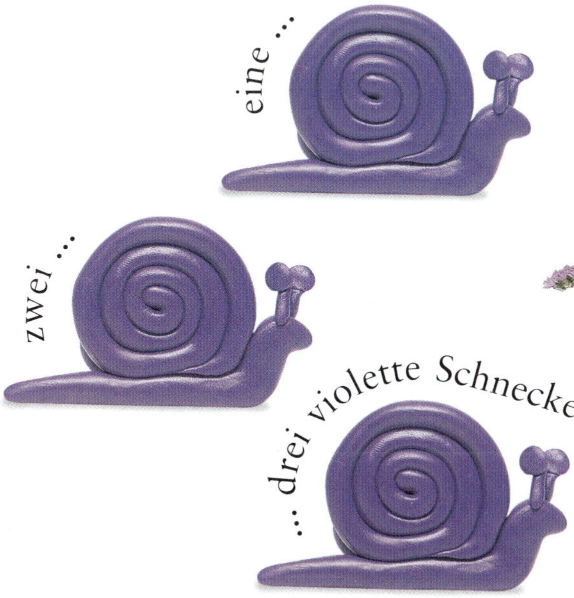

eine …

zwei …

… drei violette Schnecken

violette Blumen mit violetter Schleife

flatternde violette Schmetterlinge

violette Blockflöte

saftige Trauben

Mit wie vielen Auberginen jongliert der Meisterkoch?

Braun

Braun sind niedliche Hundewelpen, Karamellbonbons und schlammige Fußspuren.

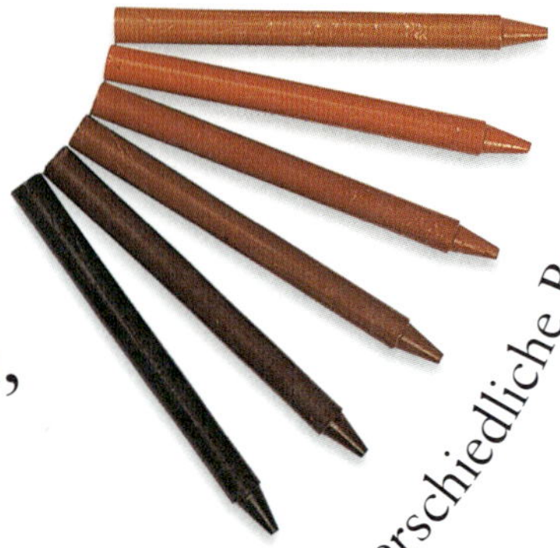

unterschiedliche Brauntöne

ein

zwei

drei braune Tannenzapfen

Das Kuscheltier balanciert mit braunen Tannenzapfen.

ein Wurf brauner Welpen

Der hellbraune Teddy schlägt ein Rad.

schlammige braune Fußspuren

Die weichen braunen Federn kitzeln.

Knusperriegel aus Karamell und Schokolade

Rosa

Rosa sind deine Fingernägel und leckerer Erdbeerpudding.

unterschiedliche Rosatöne

Welche Farbe hat deine Zunge?

hellrosa Mausespeck

leuchtend rosa Schale

rosaroter Schmusebär

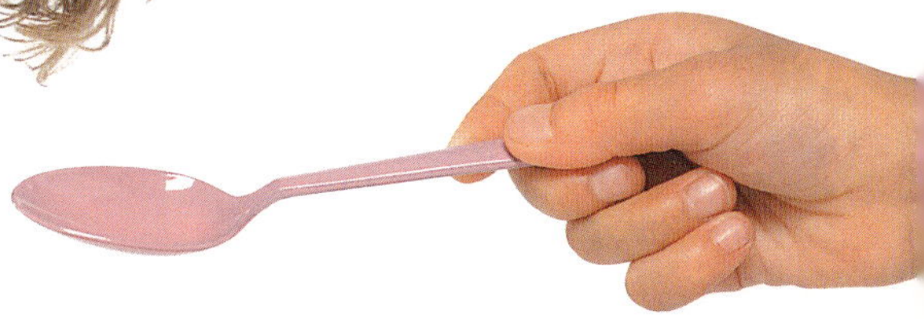

Mmm, sahniger rosa Erdbeerpudding!

Probier's mal!

T-Shirt färben

1. Leg zwei rote Bete in warmes Wasser, bis es sich rosa färbt.

2. Nimm sie heraus. Leg über Nacht ein altes weißes T-Shirt ins Wasser.

3. Nimm das T-Shirt heraus. Welche Farbe hat es?

Ich bin von Kopf bis Fuß auf Rosa eingestellt!

Schwarz

Schwarz siehst du, wenn du die Augen zumachst.

Welche Farbe haben diese Gegenstände?

eine saftige schwarze Fliege für die hungrige schwarze Spinne

schwarze Fledermaus-Maske

Teddy mit schwarzer Sonnenbrille

Kannst du zehn schwarze Finger zählen?

zwei schwarze Ponys

Wohin krabbeln diese schwarz glänzenden Käfer?

schwarzer Sheriff-Hut

schwarze Melone

Weiß

Weiß sind der Schnee an einem kalten Wintertag und die duftigen Schäfchenwolken am Sommerhimmel.

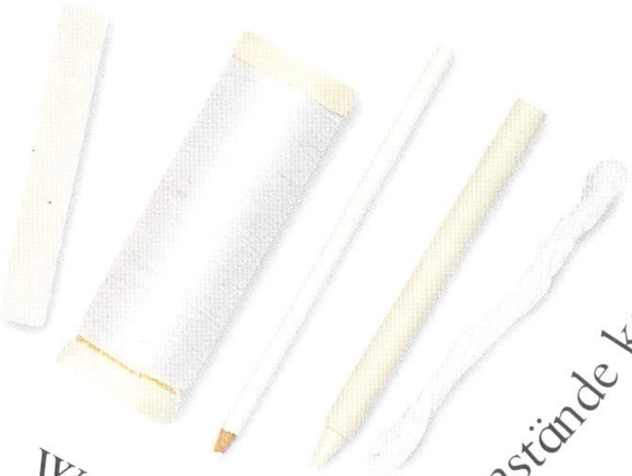

Welche weißen Gegenstände kennst du?

weißes Kuschelkätzchen

eins

zwei

drei

wollige weiße Lämmer

Doktor Rosi macht den Eisbären wieder gesund.

Der weiße Schneemann mag's gern kalt.

Probier's mal!

Schneeweiße Leckerei

2. Füll jeden Schaumkringel mit Sahne.

1. Schlag süße Sahne, bis sie fest ist.

sahniges weißes Eis

Gold

Golden glitzern leuchtende Sterne und Königskronen.

Goldflitter, Goldfaden und Goldstifte

goldene Glitzerperücke

drei goldene Ringe

zwei goldene Armreifen

Teddy, der Seeräuber, mit seinem funkelnden Goldschatz.

Probier's mal!

Eine Goldkrone basteln

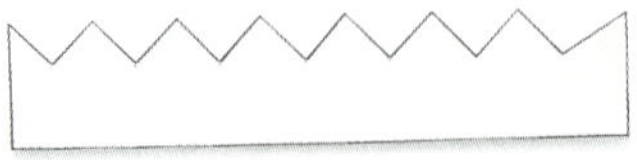

1. Zeichne eine Krone auf Pappe. Schneid sie aus.

2. Bekleb die Krone mit Goldfolie.

3. Verbinde die Enden mit Klebeband.

Ich fang Sternschnuppen auf!

Ich bin Goldmedaillen-Gewinner!

Silber

Silber glänzt schön. In manchen silbernen Gegenständen kannst du dich spiegeln.

Silberstifte, Silberflitter und Silberfaden

ein glänzendes silbernes Raumschiff

Astronauten-Teddys tragen silberne Raumanzüge und Schutzhelme.

Welche Farbe haben Teddys Hanteln?

silberner Wecker

Mein Karnevalskostüm ist silbern.

Der Silberschal kitzelt mich!

Bronze

Bronze glänzt
und sieht ein wenig
wie mattes Gold aus.

Bronzefaden
und
Bronzestifte

Spiegelkugel aus Bronzeplättchen

drei drahtige
Bronzemännchen

Zauberin mit
bronzefarbenem
Cape und
bronzefarbenem
Zauberhut

Abrakadabra!

Wrumm!

glänzende
bronzefarbene
Rennwagen

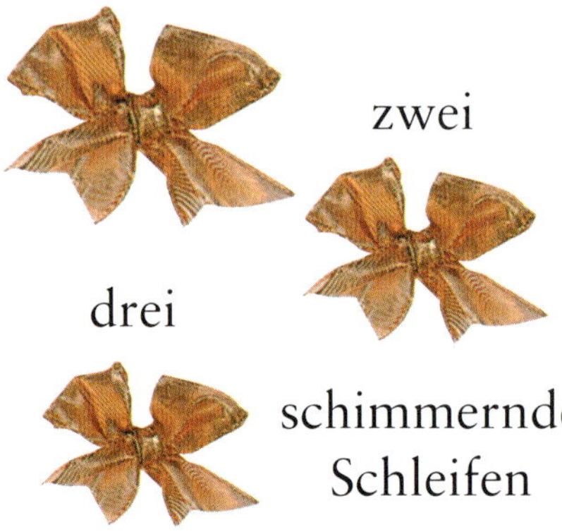

eine

zwei

drei

schimmernde
Schleifen

witzige
bronzefarbene
Sonnenbrille

Ich bin der Bronze-Roboter.

bronze-
farbene
Krone

Regenbogen

Der Regenbogen
hat sieben Farben.
Weißt du, wie sie heißen?

Rot
Orange
Gelb
Grün
Blau
Dunkelblau
Violett

kräftiges Rot

Welches ist
deine liebste
Regenbogen-
farbe?

leuchtendes Orange

Teddy malt diesen Regenbogen extra für dich!

sonnengelb

Stapelringe in den
Regenbogenfarben

Schleifen in
vielen Farben

kühles Grün

kräftiges Violett

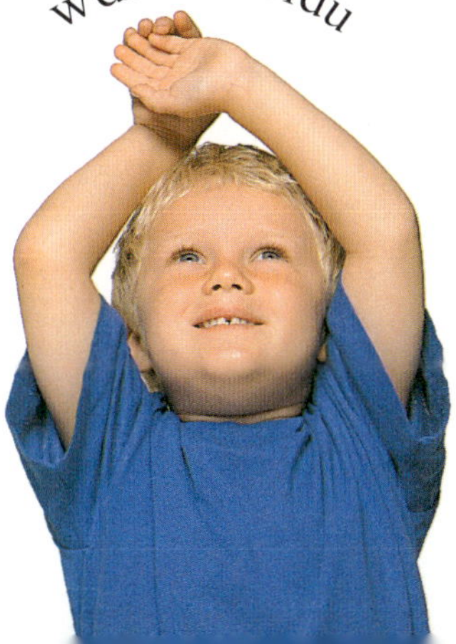

warmes Blau

leuchtendes Blau

Dunkel-hell

Es gibt unterschiedliche Farbtöne. Manche sind dunkel, andere hell. Schau, wie die Farben auf dieser Doppelseite heller werden!

Dunkelblau

Blaue Zopfschleifen ...

Dunkelrot

Teddys roter Papierhut ...

Dunkelgrün

Eine elegante grüne Fliege ...

Dunkelgelb

Hübsche gelbe Blütenblätter ...

Hellblau

... werden heller und heller und heller.

Hellrot

... wird heller und heller und heller.

Hellgrün

... wird heller und heller und heller.

Hellgelb

... werden heller und heller und heller.

Hell-dunkel

Auf dieser Doppelseite siehst du Farben, die immer dunkler werden. Folge mit dem Finger den Farben von Hell nach Dunkel.

Hellrosa

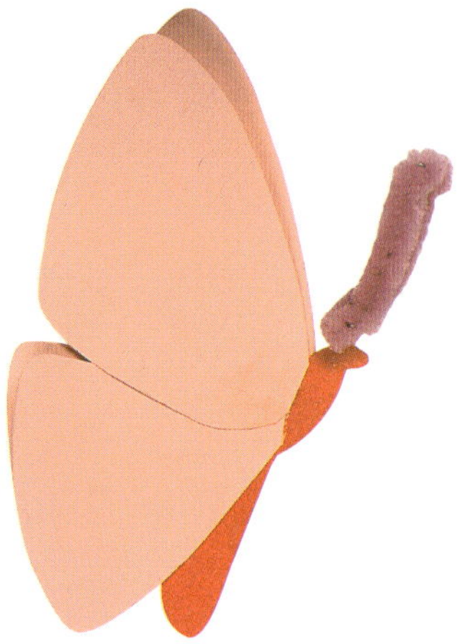

Der rosa Schmetterling ...

Hellbraun

Das braune Gehäuse der Schnecke ...

Hellviolett

Das lange Haar des Woll-Monsters ...

Gelborange

Der fröhliche Fisch ...

Rosarot

... wird dunkler und dunkler und dunkler.

Dunkelbraun

... wird dunkler und dunkler und dunkler.

Dunkelviolett

... wird dunkler und dunkler und dunkler.

Orangerot

... wird dunkler und dunkler und dunkler.

Farben mischen

Wenn man Farben mischt, entstehen neue Farben. Aus Rot, Blau und Gelb kannst du alle Farben des Regenbogens mischen!

Rot

Blau Gelb

Gleich mischt das blaue Monster Farben!

Blau und Rot ergibt Violett.

Blau und Gelb ergibt Grün.

Rot und Gelb ergibt Orange.

Rot, Gelb und Blau ergibt Braun.

Aus welchen Farben mischst du ...

... Orange?

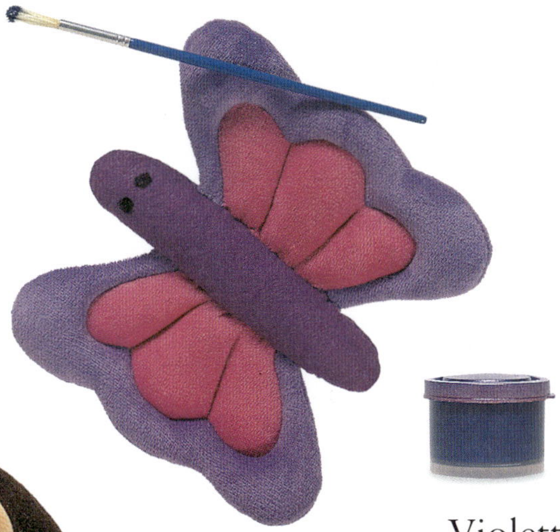

... Violett?

... Grün?

... Braun?

Probier's mal!

Mischen und Malen

1. Du brauchst rote, blaue und gelbe Wasserfarben, einen Pinsel und einen Becher Wasser.

2. Misch aus den drei Farben Braun, Grün, Orange und Violett.

Mal doch mal ...

... einen braunen Teddy

... eine grüne Birne

... eine Tigerkatze

... saftige Trauben

Helle Farben mischen

Wenn du Wasserfarben mit Weiß mischst, werden sie heller. Helle Farben nennt man auch blasse oder zarte Farben.

Das blaue Monster mischt am liebsten helle Farben.

Rot und Weiß ergibt Rosa.

Grün und Weiß ergibt Hellgrün.

Braun und Weiß ergibt Hellbraun.

Violett und Weiß ergibt Hellviolett.

Gelb und Weiß ergibt Hellgelb.

Orange und Weiß ergibt Hellorange.

Blau und Weiß ergibt Hellblau.

Schwarz und Weiß ergibt Grau.

Probier's mal!

Mischen mit Weiß

1. Du brauchst rote, gelbe, blaue und weiße Wasserfarben, einen Pinsel und einen Becher Wasser.

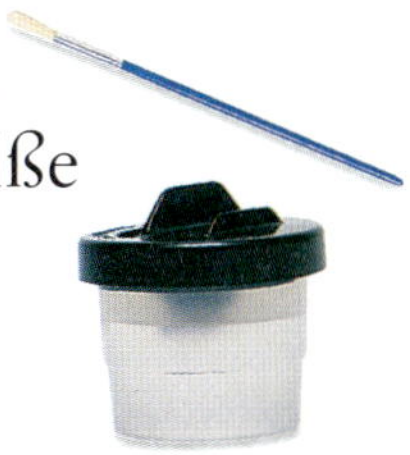

2. Wähl jeweils eine Farbe aus und misch sie mit Weiß.

Mal doch mal ...

... einen grauen Elefanten

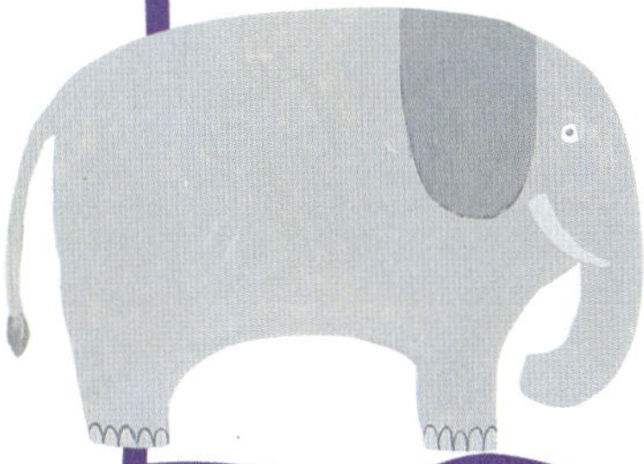

... einen hellblauen Vogel

... einen rosafarbenen Kuschelhasen

... einen hellgrünen Käfer

Welche hellen und dunklen Farben gibt es in eurer Wohnung?

dunkelrosa und hellrosa Sandalen

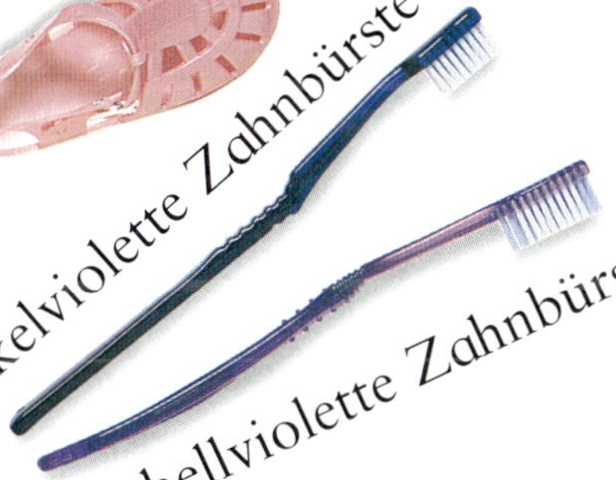

dunkelviolette Zahnbürste

hellviolette Zahnbürste

rote Strumpfhose

dunkelrote Strumpfhose

Ein hellblaues T-Shirt ...

... und ein dunkelblaues T-Shirt.

In der Natur

Die Natur ist voller Farben. Manchmal wechseln Pflanzen oder Tiere ihre Farbe.

Trauben sind entweder grün oder blauviolett.

Blätter sind im Sommer grün, aber ...

... im Herbst golden und braun.

Junge Zapfen sind grün.

Ältere Zapfen sind braun.

Äpfel können verschiedene Farben haben.

grüner Apfel

roter Apfel

rot-grüner Apfel

Bienen sammeln Nektar aus bunten Blüten in allen Farben.

Der goldfarbene Panzer dieses Käfers spiegelt das Sonnenlicht. So werden Feinde geblendet.

Flamingos sind rosa, weil sie rosa Krabben verspeisen.

Männliche Enten (Erpel) sind bunt gefärbt. Welche der beiden Enten ist das Männchen?

Dieser Gecko ändert seine Hautfarbe, um sich seiner Umgebung anzupassen.

Das Chamäleon ist im grünen Laub gut getarnt.

Das Dreifinger-Faultier ist grün, weil in seinem Fell winzige Pflanzen (Algen) wachsen. Dem Faultier macht das nichts aus.

Lieblingsfarben

Jedes Kind hat seine Lieblingsfarbe ausgesucht. Welche Farbe magst du am liebsten?

Astronaut Teddy mag Silber, weil es so schön glänzt.

Mir gefallen alle Farben des Regenbogens.

Violett steht meiner Handpuppe am besten.

Gelb macht mich fröhlich.

Mein Monster und ich mögen Blau.

Ich mag Rot. Erdbeeren sind rot.

Meine Lieblingsfarbe ist Schokoladen-braun.

Mein Kuschelfrosch ist grün.

Mir steht Weiß am besten.

Ich mag am liebsten Orange!

Mein Tanzkostüm ist schwarz.

Ich mag Gold, weil es glitzert.

Bronze ist meine Lieblingsfarbe. Deshalb trag ich eine Bronze-Krone.

Rat mal, welche Farbe mir gefällt!

Schatzsuche

Entscheide dich für Rot, Grün, Blau oder Gelb. Dann suche oder zeichne alles, was entlang der farbigen Linie abgebildet ist. Du kannst das Spiel allein oder mit Freunden spielen.

START

Suche oder zeichne diese roten Dinge.

Perlen

T-Shirt

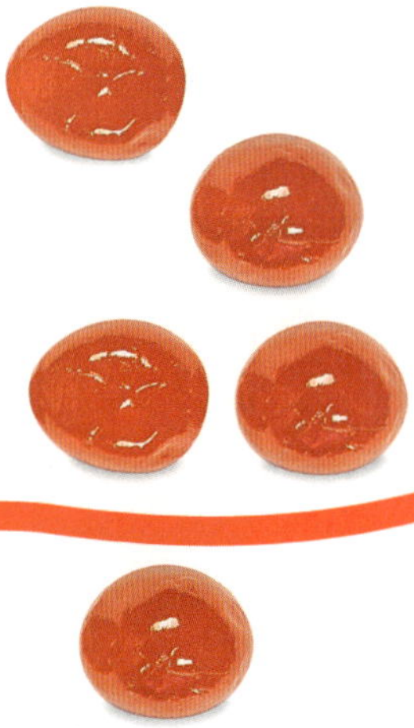

Kirschen

Suche oder zeichne diese grünen Dinge.

Kuscheltier

Suche oder zeichne diese blauen Dinge.

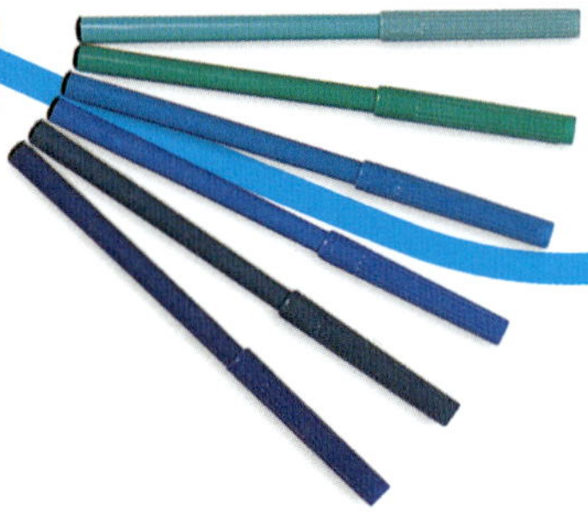

Kuscheltier

Suche oder zeichne diese gelben Dinge.

schöne Blumen

die Zahl Zwei

Mütze

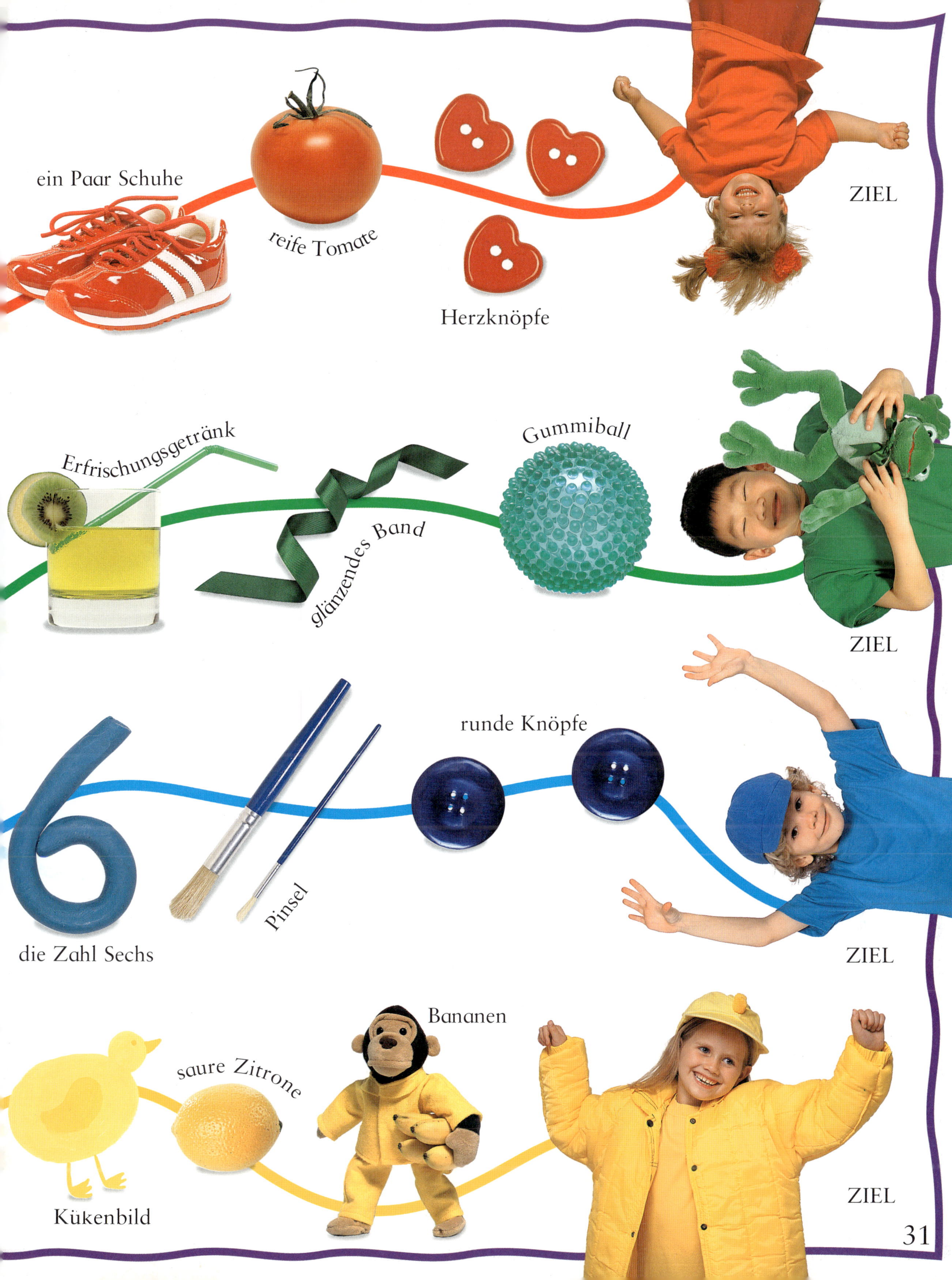
ein Paar Schuhe
reife Tomate
Herzknöpfe
ZIEL
Erfrischungsgetränk
glänzendes Band
Gummiball
ZIEL
die Zahl Sechs
Pinsel
runde Knöpfe
ZIEL
Kükenbild
saure Zitrone
Bananen
ZIEL

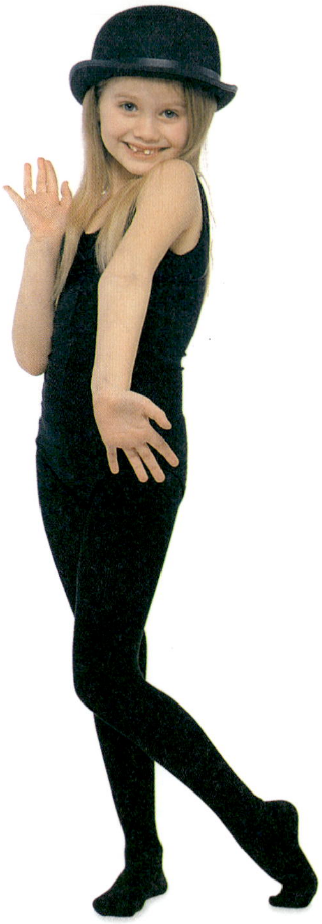

Noch mehr Ideen

Schau das Buch gemeinsam mit deinen Freunden
und Geschwistern an.

Wähl dein Lieblingsbild im Buch aus und mal oder zeichne es ab.

Schneide Bilder aus Zeitschriften aus und bastle ein Klebebild,
das so aussieht wie deine Lieblingsseite im Buch.

Frag deine Eltern und Großeltern, wie die Dinge,
die in diesem Buch abgebildet sind, in ihrer Kindheit aussahen.
Womit haben Oma und Opa am liebsten gespielt?

Nimm das Buch mit in den Kindergarten und
schau es gemeinsam mit deiner Kindergartengruppe an.

Wenn du schon schreiben kannst, schreib deinen Namen vorne ins Buch.
Wenn nicht, bitte jemanden um Hilfe, der gut schreiben kann.

Titel der Originalausgabe: Fun To Learn – Colours

Deutsch von Eva Schweikart
ISBN 3-7735-5720-5

Bildnachweis
S. 27 oben links, Mitte, unten links: Bruce Coleman Ltd; S. 27 oben rechts, oben Mitte: Natural Science Photos;
S. 27 unten rechts: Planet Earth Pictures. Alle übrigen Fotos: John Freemann